Édouard Chanot

Sourires et Pleurs

187. — 1883

Emerget ruinis !

Rouen

Imprimerie Espérance Cagniard

1891

Sourires et Pleurs

Édouard Chanot

Sourires et Pleurs

187. — 1883

Emerget ruinis !

Rouen

Imprimerie Espérance Cagniard

1891

Stance servant de Préface.

STANCE

SERVANT DE PRÉFACE

A la brise qui l'enivre,
La fleur frémissante livre
Ses parfums et sa langueur;
Ainsi, timide poète,
Aux vents du destin je jette
Ces effluves de mon cœur.

Janvier 1883.

Emerget ruinis.

EMERGET RUINIS.

Devant le temps, êtres et choses,
Tout se dissipe et se finit,
Aussi bien les monts de granit
Que le parfum léger des roses.

Une rage aveugle le mord,
Et sa main, tour à tour, moissonne
La feuille au vent froid de l'automne,
Et l'homme au vent noir de la mort.

Seule, une chose douce et sainte
Est à l'abri de son atteinte :
Cette chose, c'est notre amour.

Loin de l'engloutir sous sa cendre,
Le temps ne pourra que le rendre
Plus grand et plus fort chaque jour.

1878.

A Marie.

A MARIE.

Votre amour, ô Marie, ainsi qu'une aube pure,
Qui rayonne et des nuits dissipe la langueur,
Semant de clartés d'or ma destinée obscure,
Ensoleille ma vie et m'enchante le cœur.

Votre amour, ô Marie, est le jour qui se lève,
Révélant à mes yeux l'avenir souhaité ;
C'est la fin de l'exil, c'est le terme du rêve,
Et le premier rayon de la félicité.

Votre amour, ô Marie, est le clavier sonore
Où viendront s'épancher les échos de mon cœur ;
C'est la lyre qui chante au réveil de l'aurore,
Et fait monter à Dieu les hymnes du bonheur.

Votre amour, ô Marie, est la céleste flamme
Qui brille dans ma nuit, guidant mes tristes pas,
La source de ma joie et l'âme de mon âme,
Et l'oubli bienheureux des tourments d'ici-bas.

Votre amour, ô Marie, est comme la prière
Qui console en nos jours d'amertume et de fiel,
C'est la joie et l'azur, la vie et la lumière,
Le sourire et l'espoir, la patrie et le ciel.

Sans vous, qu'est le soleil, et que me fait la vie ?
Que m'importe de voir purs ou tristes les cieux ?
Votre amour est mon tout, car vous portez, Marie,
L'espoir dans un sourire et le ciel dans vos yeux.

1878.

La Prière de la Religion.

LA PRIÈRE DE LA RELIGION.

Seigneur, roi du Ciel, ô mon père,
Toi dont le nom n'est rien qu'amour,
Donne un peu de bonheur sur terre
A tes créatures d'un jour.
Donne à tous ce qui fait la vie,
Donne à chacun ce qu'il envie :

A l'hirondelle un coin pieux
Dans le clocher de ta demeure,
Au sombre abandonné qui pleure
Une main pour sécher ses yeux !

Donne les grappes à la treille
Et les chansons au passereau,
Le sein des roses à l'abeille,
Au brin d'herbe sa goutte d'eau ;
Arrache à l'esclave ses chaînes
Et donne la fin de ses peines
Au malheureux qui veut mourir.
Donne aux fleurs, astres de l'aurore,
Le rayon qui les fait éclore
Et les doux baisers du zéphir.

Donne à celui qui te repousse
Tout ce qu'il demande en ses vœux ;
Donne à l'oiseau son nid de mousse
Pour abriter ses tendres œufs.
Donne à la pâle violette
Son humble et paisible retraite,
Sous la feuillée, au fond des bois ;
Garde et protège les chaumières ;
Mets le bonheur au cœur des mères
Et la justice au bras des rois.

Accorde au faible ta défense ;
Donne aux bois le vent du matin,
A ceux qui souffrent, l'espérance,
A ceux qui sont pauvres, leur pain.

Donne à l'insensé qui te nie,
Au méchant qui te calomnie,
Ta clémence, ô père éternel,
Donne un brin d'herbe à la colombe,
A ceux qui dorment sous la tombe
Leur pardon et la joie au Ciel !

1873

Frimas d'hiver.

FRIMAS D'HIVER.

L'hirondelle est partie et voici les frimas!
L'air est glacé, le ciel est gris. Un long amas
De nuages s'étend, comme un funèbre voile;
Le jour, plus de soleil, et la nuit, plus d'étoile.
L'oiseau se tait, le bois est morne et désolé.
Le rire avec les jours sereins s'est envolé;
Les champs vieillis n'ont plus qu'une herbe sèche et rousse;
Les arbres ont remis leur chaud manteau de mousse;
Les amants dans les prés ne viennent plus s'asseoir,
Et les feuilles des bois tombent au vent du soir!

Tout est silencieux, sombre, sans vie, inerte,
Hélas ! l'espace est vide et la plaine est déserte ;
La fleur, qui sent la sève en ses veines tarir,
Courbant son front flétri, s'incline pour mourir !
La brise est sans parfums comme sans harmonie ;
On n'aperçoit partout qu'une lente agonie :
Tristesse sur la terre et dans les foyers deuil.
La nature semble être un immense cercueil
Où, sans pitié du peu de chose que nous sommes,
Le temps balaye tout : les feuilles et les hommes !
Tout est néant, tout est brume, tout est langueur.
— Et moi j'ai le printemps qui chante dans mon cœur !

1876.

Chant d'Espoir.

CHANT D'ESPOIR.

Oh ! depuis que je sais que vous m'aimez, Marie,
Je sens mon âme en moi s'ouvrir comme une fleur,
Renaissante sous les effluves du bonheur,
Dont pour moi, dès longtemps, la source était tarie.

Le sourire revient à ma lèvre fleurie,
Mon front s'est relevé, secouant sa langueur,
L'espérance renaît, sereine, dans mon cœur,
Et je suis plein de joie, et je chante et je prie.

Je prie afin que Dieu, qui console et pardonne,
Prenne pitié de nous, Marie, et qu'il nous donne
L'amour profond et pur et de longs jours bénis,

Et que nous puissions voir, loin des soucis moroses,
Notre foyer s'emplir, comme au printemps les nids,
Des doux rayonnements de jeunes têtes roses !

1876.

Chant d'Amour.

CHANT D'AMOUR.

Que me disiez-vous donc, philosophes sévères,
Dans vos livres tout pleins de doctrines amères :
« Que notre vie est triste et que la mort vaut mieux. »
A vous approfondir j'ai coulé bien des heures,
Mais vos leçons pour moi n'ont été que des leurres,
Et m'ont avant l'âge fait vieux.

Vous aviez fait en moi mourir toute espérance,
Et donné seulement le doute et la souffrance,
Quand je vous demandais le secret du bonheur.
Et je traînais des jours découragés et sombres,
Et comme vers le soir le ciel se couvre d'ombres,
La nuit s'était faite en mon cœur.

Oh ! pour nier ainsi l'espérance et la vie,
Et les mystères purs qui font l'âme ravie,
Vous n'aviez point aimé, peut-être, pauvres fous.
A quoi bon vos leçons ? L'ange chéri que j'aime,
Avec son doux sourire et son regard suprême,
En sait plus long que vous !

Avec vous je suivais une funeste route ;
Près de vous, tourmenté sans cesse par le doute,
Mon cœur était en proie à des songes affreux,
Mais près d'elle, aujourd'hui, oubliant sa détresse,
Je le sens qui renaît, charmé par sa tendresse.
Je suis aimé ! Je suis heureux !

1876.

Triolet.

TRIOLET.

A l'heure fixée entre nous,
Je suis parti sans en rien dire,
De peur d'en entendre médire.
Et dans une église à genoux,
A l'heure fixée entre nous,
Je fus, dans la foi qui m'inspire,
M'unir de pensée avec vous,
A l'heure fixée entre nous,
Étant parti sans en rien dire.

Et le cœur d'amour embrasé,
Aux pieds de l'autel solitaire,
En songeant au divin mystère
Où votre âme venait puiser,
Le cœur d'amour tout embrasé,
Aux pieds de l'autel solitaire.

Je priai Dieu de vous bénir
Et vous rendre à jamais heureuse,
Vous par qui, si douce et si pieuse,
J'ai vu tous mes tourments finir.
Je priai Dieu de vous bénir
Et d'avancer l'heure joyeuse
Où nos âmes pourront s'unir.
J'ai prié Dieu de vous bénir
Et vous rendre à jamais heureuse.

1876.

Sourires et Pleurs.

SOURIRES ET PLEURS.

Si le ciel pourtant vous l'avait fait naître
L'enfant rose et blond, le bébé chéri,
Et que vous eussiez vu le petit être
Rire en s'éveillant ! — Vous auriez souri !

Mais si ce bouton qui venait d'éclore
Était tombé frêle et décoloré,
Si vous aviez vu l'enfant qu'on adore
Pâlir en un jour ! — Vous auriez pleuré !

Si vous l'aviez vu, vers quatre ans à peine,
Courir par le bois ou le pré fleuri,
Avec une épée être capitaine
Ou chef de brigands ! — Vous auriez souri !

Mais si, dédaignant le bruit, le tapage,
Voyant sans plaisir son tambour doré,
Vous l'aviez vu morne et sombre avant l'âge,
Souffrant au dedans ; — Vous auriez pleuré !

A quinze ans, à l'âge où tout rit et brille,
Si vous l'aviez vu, cœur endolori,
Suivre avec un rêve une jeune fille
Et songer après.... — Vous auriez souri !

Mais, un soir, l'amour et la mort dans l'âme,
S'il fut rentré sombre et l'œil altéré,
Accablé, meurtri, sous un nom de femme,
Et triste à jamais ! — Vous auriez pleuré !

Si vous aviez vu, plus tard, dans le monde,
Un homme, au métier de l'honneur mûri,
Partout entouré d'estime profonde,
Pensant : « C'est mon fils ! » — Vous auriez souri !

Mais si quelque jour, — car tout meurt sur terre ! —
La tombe, avant tout, l'avait dévoré,
En allant, le soir, prier sur sa pierre,
Combien, pauvre mère, auriez-vous pleuré !

187..

Désespérance d'un jour.

DÉSESPÉRANCE D'UN JOUR.

C'est un songe
Effacé,
Doux mensonge
Du passé.

Deux années
De bonheur,
Et fanées
Dans leur fleur.

Cette rose
Et la prose
Que voilà,

Ma folie
Et ma vie
— Tout est là !

1877.

Ombre.

4

OMBRE.

Malgré tout le plaisir que j'avais eu pourtant,
Un chagrin me pesait, ce soir, en vous quittant ;
Car vous aviez, d'un mot, assombri mes pensées,
En me parlant d'ennuis et de larmes versées.
J'avais vu votre front morose et soucieux,
J'avais vu comme un voile humide sur vos yeux,
Et mon cœur, s'alarmant de ces symptômes sombres,
Était gros de tourments et se remplissait d'ombres.
Et je m'en suis allé, plein de mon souci noir,
Le front bas, traversant la foule sans la voir,
Marchant à pas pressés, comme un fou ridicule,
Et regardant au loin tomber le crépuscule
Qui s'épandait, rempli d'une vague langueur,
Mêlant sa brume immense à la nuit de mon cœur !

1877.

L'Étoile.

L'ÉTOILE.

O toi, que je viens si souvent
Contempler, le soir en rêvant,
Quand sous la nuit, le ciel se voile,
Toi qui, si je suis abattu,
Me consoles, qui donc es-tu,
Petite étoile ?

Ne te connaissant qu'à demi,
D'où vient qu'à toi, comme à l'ami,
Mon âme entière se dévoile,
Et que ton œil de feu charmant
Me regarde si doucement,
Petite étoile ?

Lorsque, sur ces flots incertains,
Les tempêtes aux noirs destins
Viendront battre et pencher ma voile,
Les efforts me seront moins lourds,
Si tu veux être là toujours,
Petite étoile ?

Et demain, quand la mort viendra,
Quand, froid cadavre, on me coudra
Dans le linceul de blanche toile,
Où faudra-t-il prendre l'essor,
Dis-moi, pour te revoir encor,
Petite étoile ?

187..

Musique.

MUSIQUE.

Je m'étais assis, un soir, sur la grève,
J'avais l'âme triste et pleine d'ennui ;
Et le front penché, perdu dans un rêve,
J'écoutais chanter le vent dans la nuit.

Sa voix se mêlait aux soupirs des vagues,
Dont les bruits confus et multipliés
Forment un concert de murmures vagues
Dont l'écho venait mourir à mes pieds.

C'était une étrange et douce harmonie,
Comme le vieux temple en redit parfois,
Quand il chante au ciel son hymne infinie :
La vague était l'orgue, et le vent, la voix.

Car c'est une vraie et sainte prière
Que gémit la brise unie au flot bleu,
Et qui porte l'âme, ardente et légère,
Des ombres de l'homme aux splendeurs de Dieu.

Le charme emplissait mon âme alourdie;
Je demeurai là, songeur, jusqu'au jour,
Écoutant de loin cette mélodie
Qui berçait mon cœur comme un chant d'amour.

Je m'étais assis, un soir, sur la grève;
J'avais l'âme sombre et pleine d'ennui,
Et le front penché, perdu dans un rêve,
J'écoutais chanter le vent dans la nuit.

187..

Affinité.

AFFINITÉ.

Ma richesse, c'est ton amour.
Alp. Karr.

Quand je vois un sourire aimé
Caresser ta lèvre de rose,
Comme une abeille qui se pose
Aux fleurs du buisson parfumé,
Un bonheur secret me pénètre,
Et je crois sentir par instants
Monter des parfums de printemps
Jusqu'aux profondeurs de mon être.

Mais quand, sous l'ombre d'un souci,
J'aperçois ton front qui se voile,
Comme l'œil ardent de l'étoile
Par un long nuage obscurci,
L'ombre alors en moi s'accumule,
Et je sens le bonheur, soudain,
S'enfuir, comme un jour fini s'éteint
Dans les brouillards du crépuscule.

L'écho de tous tes sentiments
Vibre en mon sein, — joyeux ou sombres; —
Ta tristesse y répand des ombres,
Ta gaîté des rayonnements ;
Ennuis, plaisirs, extase, alarmes,
Tout pour nos cœurs est de moitié,
Et mon destin tient tout entier
Entre ton sourire et tes larmes.

1877.

Mai.

MAI.

Voici mai ! C'est le mois joyeux, où la nature
Revêt son frais manteau de mousse et de verdure ;
Où, sur les blancs chemins, les rameaux des buissons
S'emplissent à la fois de fleurs et de chansons ;
Où les coucous des prés, cachés parmi les herbes,
Parent leur front léger d'aigrettes d'or superbes.
C'est le mois des parfums, du soleil et des nids,
Où les arbres, tout fiers de leurs fronts rajeunis,
Lèvent aux cieux leurs bras semés d'étoiles blanches ;
Où la brise, au matin, murmure dans les branches
Ses hymnes parfumés de la senteur des bois.
C'est la saison de fête et d'amour sur les toits,

Où les papillons vont, chassant les demoiselles ;
Où la forêt s'emplit de frémissements d'ailes ;
Où tout est jeune ; où tout déborde tour à tour,
Les roses, de parfum, et les âmes, d'amour !

Voici mai ! Voici mai ! Quelle joyeuse fête !
Pleins de rêves chéris qui peuplent notre tête,
Oh ! comme nous allons partir souventefois,
Vous, le peintre, et moi, le poète, au fond des bois !
Comme nous irons voir les plaines nuancées,
Vous, avec vos pinceaux, moi, mes seules pensées,
Retrouver la nature au sourire enchanté,
Et lui prendre, moi son âme, vous sa beauté.
N'est-ce pas qu'il est doux de fuir la chambre triste,
Léger comme un oiseau, libre comme un artiste,
Et de s'en aller voir, à pas gais et contents,
Dans les champs, par les prés, éclore le printemps !

On part de bon matin, dès que l'aube s'éveille,
Quand l'horizon se pare en sa robe vermeille,
Quand la rosée attache aux arbres du chemin
Les prismes étoilés d'azur et de carmin.
On ne regarde pas où la brise vous pousse,
On se sent invité par les tapis de mousse,
Par les fourrés épais et le buisson fleuri,
Et par le bon soleil au loin qui vous sourit.

On marche en fredonnant quelque vieille romance,
Les yeux perdus au fond de la campagne immense ;
On se cherche un bon coin, solitaire et charmant,
Où l'on puisse être avec son âme seulement ;
On s'étend là, parmi les touffes d'herbe épaisse
Que le vent, en passant, courbe sous sa caresse ;
On suit des yeux au ciel les nuages légers
Qui passent et s'en vont, rapides messagers,
Pareils à des flocons de neige transparente,
Traîner joyeusement, au loin, leur vie errante;
On écoute l'oiseau qui chante ses amours,
Et le bourdon, avec sa robe de velours,
Qui vient s'asseoir auprès de vous, sur un brin d'herbe,
Et de son ton grondeur, murmurant et superbe,
Vous dit : « Pourquoi viens-tu me prendre ici mes fleurs ? »
Et, plus loin, l'on entend les merles persifleurs.
On voit, à ses côtés, la blanche collerette,
Et pour tenter de loin le papillon naïf,
Qui, charmé, vient, prenant son vol le plus hâtif,
Et, secouant l'azur de son aile poudreuse,
Enlace et fait frémir la coquette amoureuse.
Aussi, les boutons d'or, cachés dans les sillons,
Jaloux des libertins et légers papillons,
Par dépit, sous leurs yeux, se livrent aux abeilles !

Ah ! le beau petit monde et les douces merveilles !
Comme l'âme s'enivre à ces tableaux charmants ;

Et comme on passe là toujours de bons moments !
Que d'autres aiment mieux des plaisirs plus profanes,
Qu'ils préfèrent le front blême des courtisanes,
Qu'ils se parent de leurs meutes, de leurs chevaux,
Que m'importe ! — Je suis poète ! — Je les vaux !
Moi, je n'aime rien mieux que la bonne nature ;
J'aime la fleur des champs, la source qui murmure,
La feuillée, où se tient le lézard en éveil,
Et les moucherons d'or qui dansent au soleil !

Hélas ! notre vie a des réalités sombres :
Parfois de la lumière et plus souvent des ombres ;
Il est des jours de deuil où notre cœur s'aigrit ;
Mais toujours la nature est là qui vous sourit.
Elle est à l'homme pauvre, elle est à l'homme triste,
Elle est à tous ; il n'en est point qu'elle n'assiste.
Pour nos chagrins, pour nos blessures, pour nos pleurs,
Elle a les champs, elle a les nids, elle a les fleurs.
La nature, c'est le temple immense des âmes,
Où toutes les douleurs trouvent de purs dictames,
Où Dieu, dans les rayons du soleil, chaque jour
Verse sur tous des flots d'espérance et d'amour !

187..

Lyre endormie.

LYRE ENDORMIE.

Depuis dix grands mois, hélas !
Chaque jour, ton cœur écoute
Si du bois ou de la route
Quelque chant ne monte pas.

Mais le jour au jour s'ajoute,
Muet comme le trépas.....
Et toi, tu gémis tout bas,
Dix mois ! C'est bien long sans doute !

N'en accuse que l'hymen
Et son extase bénie
A moi te sentir unie
C'était un poids surhumain.

Et laissant mon harmonie
Aux arbrisseaux du chemin,
Aux caresses de ta main
Mon âme s'est endormie.

1878.

Toi.

TOI.

Ombre ou lumière,
Tout me vient, chère,
De toi.

Toute ma joie,
Dieu me l'envoie,
Par toi.

Et je n'espère
Rien sur la terre
Qu'en toi !

Aussi, sans honte,
Mon amour monte
Vers toi.

Toute pensée,
Je l'ai versée
Sur toi.

Et va, — n'en doute ! —
Ma vie est toute
A toi.

Car mon cœur t'aime
A mourir même
Pour toi !

1871.

A Marthe.

A MARTHE.

Oui, depuis que dans notre nid,
O ma douce petite fille,
Le dieu d'amour par qui tout brille,
Fit descendre ton front béni,

Un rayon guide notre voile,
Un parfum charme notre cœur ;
— Car ton sourire est une fleur
Et ton regard est une étoile.

6

Qu'importent à nos cœurs contents
Le monde et ses plaisirs ardents?
Seul, te voir est ce qui me touche.

Et notre amour, par toi joyeux,
Se parfume aux bords de ta bouche
Et s'éclaire au fond de tes yeux.

1879.

Espoir béni.

ESPOIR BÉNI.

Dis-moi, mère, quand le soir,
Tous deux seuls, la porte close,
Nous causions du long espoir
D'un bébé gentil et rose.

Quand nous aspirions au jour
Où viendrait sa douce tête,
Dans notre foyer en fête,
Semer un nouvel amour.

Malgré les saintes pensées
Dont nos deux âmes bercées
Écoutaient l'écho béni,

Croyais-tu, je le demande,
Que de l'enfant si petit
La place serait si grande.

1879.

Notre Fille.

NOTRE FILLE.

Mère, quand notre enfant, tendre fleur embaumée,
Vient entre nos genoux poser sa tête aimée,
Quand sa bouche mignonne et rose, doucement
Nous nomme de ces mots sacrés : « Papa ! Maman ! »
Quand nous l'apercevons, empourprée et ravie,
Courir à pas tremblants après ce qu'elle envie,
Sur les tapis ou dans le sable du jardin,
Et que nous la voyons qui s'arrête soudain,
Les bras levés, prenant d'inconcevables poses,
Pour nous rire de loin, avec ses lèvres roses ;
Quand nous baisons tous deux ses longs cheveux d'or fin,
Ou que, sous son front pur et blanc de séraphin,

Dans le regard profond de son œil noir de flamme,
Ensemble nous cherchons à deviner son âme,
Quand dans nos bras, parfois, lassée elle s'endort,
Et que nous regardons, sous ses beaux rêves d'or,
Sa paupière trembler et sa lèvre sourire;

Mère, ne sens-tu pas tout ton être en délire,
Sous cette volupté suave du foyer?
Ne sens-tu pas ton cœur sous le bonheur ployer
Comme les gerbes d'or sous la moisson trop pleine,
Et ton âme, d'un coup, s'illuminer, sereine,
Comme le haut des monts aux feux naissants du jour,
Sous les rayonnements divins de cet amour?

1880.

Divin Amour.

DIVIN AMOUR.

Oui, malgré les ennuis que mon long mal t'impose,
Tu me soignes sans cessè avec contentement,
Sans plainte, sans regret, ne voulant autre chose
Que le droit de verser sur moi ton dévouement.

Aussi, quand sur mon front tu penches ton front d'ange,
Ton baiser me réchauffe et je me sens charmé,
Et ma douleur alors en extase se change.
Sent-on qu'on peut souffrir quand on est tant aimé !

Comme on voit la forêt par l'hiver dépouillée,
Avec avril renaître au matin d'un beau jour,
Et s'emplir de parfums et de verte feuillée,

Ainsi, quand je défaille au poids d'un mal trop lourd,
Auprès de toi je sens mon âme ensoleillée
Aux chauds rayonnements de ton divin amour.

23 janvier 1880.

Dualité.

DUALITÉ.

J'ai deux joyaux bien modestes
Mais que rien ne peut payer,
Et dont les éclats célestes
Illuminent mon foyer :
Un rubis, dout l'éclat joue
Aux feux d'un pur diamant.
— Bébé, c'est ta rose joue,
Et c'est ton œil noir, maman.

J'ai deux fleurs dans mon parterre
De la plus douce senteur,
Dont s'embaume l'atmosphère
Et dont se grise mon cœur;
Rien ne vaut leur sainte ivresse
Qui m'enivre chaque jour :
— Mignonne, c'est ta caresse,
Et toi, femme, ton amour.

J'ai dans mon ciel deux étoiles;
Leur clarté que j'aperçois,
Même à travers tous les voiles,
Me conduit ; aussi je vois
Le présent sans défaillance
Et l'avenir sans terreur :
— Enfant, c'est toi l'espérance,
Mère, c'est toi le bonheur !

1881.

Bouquet de Fleurs.

A LA ROSE.

O rose dont l'incarnat perce
Le manteau du feuillage ombreux,
Ton éclat plaît et bouleverse
Comme un regard de tendres yeux.

Quand la brise, au matin, te berce,
Au gré des frelons amoureux,
Ton parfum enivre et vous verse
Le nectar des songes heureux.

C'est toi, c'est toi la souveraine
Des fleurs au sourire enchanté
— Pourtant, rose, qu'est ta beauté

Auprès de sa beauté sereine ?
Je le proclame avec fierté,
Reine, tu ne vaux pas ma reine ?

A LA VIOLETTE.

Humble fleurette au vert corsage,
Symbole cher à tout rêveur,
Qui caches dans le bois sauvage
Ton doux parfum et ta pudeur,

Je t'aime ! Tu sembles l'image
Réelle de notre bonheur,
Caché, comme toi, sous l'ombrage,
Sous l'ombrage de notre cœur.

Ta senteur se fait plus exquise
Sous la fraîcheur du grand bois sourd,
Où vient le soir mourir la brise.

Ainsi, fleurette, notre amour,
Dans le mystère qui nous grise,
Nous semble meilleur chaque jour !

AU LILAS.

O toi dont la brise légère
Courbe les panaches tremblants,
Fleur des amours trop éphémère,
Tu rends les cœurs gais et contents.

Après la saison de misère,
Les frimas et les noirs autans,
C'est toi, suave messagère,
Qui nous apportes le printemps.

— Garde pour d'autres ton emblême.
Moi je dédaigne la rigueur
De l'automne et des hivers même.

Écoute mon secret, ô fleur :
— Je me sens, depuis que je l'aime,
Un éternel printemps au cœur.

A LA PENSÉE.

O fleur mystérieuse et grave,
Comme la langueur des beaux soirs,
Par qui le souvenir se grave,
Et qu'on cache au livre à fermoirs.

Fleur de moire, qui sert d'épave
Souvent aux plus charmants espoirs,
Ton velours n'a pas le suave
Du velouté de ses yeux noirs.

Toi dont le langage révèle
L'amour et qui lis dans le cœur
Les secrets profonds qu'on y cèle,

Redis-lui mon amour fidèle,
Et que j'ai pour toujours, ô fleur,
Mis toute ma pensée en Elle !

A LA PAQUERETTE.

Blanche et rieuse pâquerette,
Fleur témoin de tant de serments,
Qui caches dans ta collerette
Le secret profond des amants.

A ceux que le doute inquiète,
Parle et rassure leurs tourments.
Moi, que m'importerait ? Tu mens
D'ailleurs souvent, belle indiscrète.

Sur son amour tu ne pourras
Rien m'apprendre ni rien me taire :
Sa bouche le dit sans mystère,

Son cœur le confirme tout bas,
Et si tu disais le contraire,
O fleur, je ne te croirais pas !

A L'HÉLIOTROPE.

O toi, la fleur qu'Elle préfère,
Amante du grand soleil d'or,
Toi qui le suis dans l'atmosphère
Et te penches quand il s'endort ;

Son rayon divin qui t'éclaire
Est ton principe et ton ressort,
Tu te nourris de sa lumière,
Son abandon serait ta mort.

— Ainsi, dans mon âme ravie
Sa tendresse verse le jour :
C'est elle qui me fortifie.

Je puis l'avouer sans détour,
Son amour est toute ma vie,
Et je mourrais sans son amour !

188.

Trois Ans !

TROIS ANS !

Trois ans ! — C'est ainsi qu'aux heures prospères,
Le temps fuit, pareil aux vents éphémères,
Lui qu'aux jours mauvais on trouve si long !
Le sort qui se rit de nos amertumes,
Met à nos bonheurs des ailes de plumes,
    A nos chagrins des pieds de plomb !

Trois ans ! — C'était hier, pourtant, que ravie
Et m'abandonnant ton âme et ta vie,
Tu mis devant Dieu ta main dans ma main,
Et je m'en souviens, c'était hier encore
Que notre bébé vint de son aurore
    Ensoleiller notre chemin.

Trois ans ! — Je savais que la vie est brève,
Que tout ici-bas passe comme un rêve,
Pourtant je doutais, — espoir insensé ! —
Que notre destin fût tant illusoire,
Et jamais, mon Dieu, je n'avais pu croire
L'avenir si près du passé !

Trois ans ! — Donc, tandis que l'heure est propice,
Avant que demain vienne et l'engloutisse
Au néant parmi les songes défunts,
Cueillons du bonheur la fleur éphémère
Et grisons nos cœurs jusqu'à la dernière,
Des ivresses de ses parfums.

Trois ans ! — Redoublons notre ardeur commune.
Que nos âmes sœurs semblent n'être qu'une
A jamais, demain, comme aux jours présents,
Pour que vers le soir, parvenus ensemble,
Unis et joyeux, notre amour nous semble
Toujours jeune de ses trois ans !

Janvier 1881.

Bouquet de Fête.

BOUQUET DE FÊTE.

A notre père affectionné.

I.

Ainsi qu'en Judée, aux fêtes de l'Arche,
Quittant pour un jour leur tente et leur champ,
Tous ceux des tribus montaient au couchant
S'assembler chez le Patriarche.

Et s'accompagnant de douces chansons,
Comme aux jours sacrés il était d'usage,
Mettaient à ses pieds, pour lui rendre hommage,
Les prémices de leurs moissons;

Ainsi tu pourras toi-même, ô mon Père,
Voir demain vers toi tous les tiens venir,
Pour te faire honneur et pour te bénir,
Du fond de leur âme sincère.

Puis, te prodiguant leurs baisers meilleurs,
Plus heureux que nous, dont le cœur proteste,
Ils t'apporteront leur tribut modeste
De reconnaissance et de fleurs.

Et nous que l'absence attriste et ravage,
Nous, qu'un long exil semble ensevelir,
Nous ne pourrons pas, comme eux, accomplir
Le fidèle pélerinage !

II.

Nous ne serons pas là, pauvre Père, demain,
Pour te donner nos cœurs que ta tendresse enflamme,
Pour te dire nos vœux, pour te presser la main,
Et t'embrasser du fond de l'âme !

Nous ne serons pas là pour nous unir à tous
Et prendre notre place au foyer de famille,
Et pour voir les bébés, sous leurs baisers si doux,
Faire fleurir ton front qui brille !

Nous ne serons pas là pour goûter notre part
Du bonheur que ce jour, tous les ans, nous envoie
Pour jouir de ta fête et voir dans ton regard
Perler les larmes de la joie !

III.

Hélas ! l'éloignement nous ravit ce bonheur !
Le Destin qui nous raille, et tel qu'un moissonneur
Fauche, comme des blés, nos brins frêles de joie,
Le Destin, sans pitié, a fait de nous sa proie.
Il nous a sur la mer de l'exil égarés ;
Nous, faits pour vivre ensemble, il nous a séparés !
Oh ! crois-moi : si déjà l'isolement nous pèse,
Si notre âme gémit sans que rien ne l'apaise,
Dans la solennité superbe de ce jour,
Combien sentirons-nous notre fardeau plus lourd !

C'est quand elles sont loin qu'on sent de près les choses;
Il fait d'autant plus froid qu'on songe aux fleurs écloses;
Et l'ombre qui sur nous plane, je le prévois,
Va s'accroître aux pensers des plaisirs d'autrefois !
Mais si nous ne pouvons, hélas ! comme naguère,
Pour te fêter ensemble, être près de toi, père,
Du moins nos cœurs, ainsi que des oiseaux légers,
S'envoleront vers toi, fidèles messagers,
Te porter, à défaut de nous, la fleur féconde
De notre affection filiale et profonde !
Du sort nous braverons ensemble la rigueur :
Eloignés par le corps, nous serons près du cœur ;
Notre pensée ira, malgré notre tristesse,
Joindre aux vœux de bonheur nos élans de tendresse,
Et si, pour couronner de bons baisers ton front
Nous ne sommes pas là, nos âmes y seront !

Cannes, le 17 mars 1882.

A notre Petite Mère aimée.

A NOTRE PETITE MÈRE AIMÉE.

I.

Depuis que je sais la prière
Que tu m'as apprise, maman,
Je sais qu'on doit aimer sa mère,
Et je t'aime bien tendrement.

Je suis, c'est vrai, petite encore,
Mais je te parle sans détour,
Et si mon cœur ne fait qu'éclore,
Du moins il n'est plein que d'amour.

Pour moi, chaque jour de ta vie,
Sans trêve d'une heure, maman,
Ton cœur d'ange se sacrifie
Pour faire mon destin charmant.

Je veux que mon cœur te le rende ;
L'avenir te le prouvera :
Car, plus je vais devenir grande,
Plus ma tendresse grandira.

Ta petite

MARTHE.

15 août 1882.

II.

Petite mère bien aimée
Dont la tendresse accoutumée
Me verse un bonheur infini,
Petite mère.

Toi qui protèges mon doux nid ;
Que Dieu fasse ta vie charmée
Et que ton beau front soit béni !
Petite mère !

Ton petit
ALBERT.

15 août 1882.

A la Bien-Aimée.

A LA BIEN-AIMÉE.

J'aime à respirer la senteur
Qui sort de chaque fleur éclose,
Et la violette et la rose
Sous leurs parfums charment mon cœur.

Mais, je sais pourtant quelque chose
De plus embaumé que la fleur.

Poète, je suis fanatique
Du concert des oiseaux bénis,
On dirait un divin cantique
Modulé d'accords infinis.

Pourtant, je sais une musique
Plus douce que celle des nids.

J'aime à l'heure où le jour se voile
A plonger dans la nuit mes yeux
Pour voir l'astre qui se dévoile
S'allumer au zénith joyeux.

Et pourtant je sais une étoile
Plus blanche que celle des cieux.

Ce parfum qui vient de ton âme
Et charme mon cœur chaque jour,
Cette harmonie dont la gamme
Berce et captive tour à tour,
Et cet astre de pure flamme,
C'est notre amour !

15 août 1882.

Les Hirondelles.

LES HIRONDELLES.

J'ai sur ma fenêtre un nid d'hirondelles
Où deux purs oiseaux sont venus loger,
Et d'où monte, à l'aube, un concert léger
De cris amoureux et de frissons d'ailes.

Là, deux purs oiseaux sont venus loger;
Parfois, le matin, je m'approche d'elles;
Leurs cris amoureux et leurs frissons d'ailes
Me charment le cœur et me font songer.

NOEL !

Le vieux Noël fait ce soir sa tournée,
Les enfants ravis ont mis tous les deux
Leurs petits souliers dans la cheminée.
Ils dorment, bercés de songes heureux.

Et demain, lorsque l'aube sera née,
Vers l'âtre ils courront, ardents et joyeux,
Et regarderont, la face étonnée,
Tous ces beaux cadeaux apportés des cieux.

ANNIVERSAIRE.

Vingt-trois janvier ! Voici déjà cinq ans, mignonne.
— Il me semble que c'est hier. — Ton front voilé
Rayonnait chastement sous ta blanche couronne,
Comme l'astre d'argent dans le ciel étoilé.

Dans la solennité du sanctuaire en fête,
Pendant qu'on répandait l'encens plein de langueur,
Sous les hymnes divins émue, courbant la tête,
Tu me donnais tout haut ta foi, tout bas ton cœur.

Amertume.

Peu m'importent à moi la fête,
Le rire, les jeux d'un instant,
C'est pour toi que je les regrette,
Je te voudrais heureuse tant !

Pour moi, malgré son inclémence,
De quoi me plaindre en vérité,
Puisqu'à côté de ma souffrance
Le ciel a mis la charité !

1883.

12 Août 1883.

12 AOUT 1883 [1].

Comme on aime à chercher un peu de solitude,
Parfois, quand le soir tombe et répand sa langueur,
Ainsi j'aime souvent, — c'est ma béatitude, —
A cacher ma pensée aux replis de mon cœur.
Et là, bercé d'un rêve, enivré de mystère,
Comme un volume cher et qu'on relit toujours,
Parmi mes souvenirs épars dans l'ombre austère,
Je relis le poème étrange de mes jours.

1. M. Edouard Chanot est mort le 12 août 1884.

Je revois le passé, fleur trop vite glanée,
Notre bonheur depuis notre premier serment,
Et je suis ébloui de cette destinée
Faite toute de joie et d'amour seulement.
Du jour où Dieu nous a mis sur la même route,
Mon sort, autrefois triste, a changé tout à coup ;
L'espérance a germé sur les ruines du doute
Et le bonheur a pris la place du dégoût.
Tout, dès lors, m'a souri : Sous la tendresse éclose,
Mon âme a revécu, mon front s'est rajeuni,
Et nos deux chérubins à l'œil pur, au front rose,
Ont rempli de parfums et d'astres notre nid.
Aujourd'hui ma vie est la plus heureuse vie ;
Je n'ai plus de chimère impossible à saisir ;
Nulle félicité ne me ferait envie ;
Je n'ai pas un regret, je n'ai plus un désir.

Parfois, en y songeant, ce bonheur m'épouvante,
Je me sens trop heureux, je scrute l'avenir ;
Et la peur du Destin me saisit et me hante.
De tant de joie, un jour, si Dieu m'allait punir !

Mais non ! Je ne veux pas de ces pensers funèbres.
Non ! Tant que tu seras l'ange de mon foyer,
Mon cœur, où tu luis, n'aura pas de ténèbres,
Et nulle épreuve aussi ne le fera ployer.

Quelque sort à tous deux que l'avenir nous garde,
Nous adoucirons tout sous un tendre baiser ;
Notre union sacrée est notre sauvegarde,
Et rien, du monde humain, ne la pourra briser.
Et quand nous atteindrons au terme du voyage,
Au livre où nos destins s'écrivent jour par jour,
Nous pourrons, ô Marie, y lire à chaque page :
Au premier mot : « Espoir », au dernier mot : « Amour ».

12 août 1883.

Table

TABLE.

Pages.

IMPRIMÉ À ROUEN

PAR ESPÉRANCE CAGNIARD

(FÉVRIER 1891)

www.ingramcontent.com/pod-product-compliance
Ingram Content Group UK Ltd.
Pitfield, Milton Keynes, MK11 3LW, UK
UKHW031859260826
14628UKWH00002B/868

9 782019 654573